अनुक्रमणिका

प्रकरण 1: बेंच पर रखा नोट

प्रकरण 2: ठंडी लौ

प्रकरण 3: वो चिट्ठियाँ जो रिसती रहीं (भाग 1)

प्रकरण 4: वो चिट्ठियाँ जो रिसती रहीं (भाग 2)

प्रकरण 5: लगभग, हमेशा

प्रकरण 6: जो चाँद ने सुना

प्रकरण 7: कहीं नहीं के बीच

प्रकरण 8: उसका ब्लॉग ही उसका लहू था

प्रकरण 9: पन्नों के बीच गूंज

प्रकरण 10: धूल में दबी आवाज़

प्रकरण 11: जहाँ चुप्पी ने पहले बोला था

प्रकरण 12: वो आवाज़ जो मैंने कभी सुनी नहीं

उपसंहार: आख़िरी पन्ना

लेखक की ओर से एक नोट

लेखक के बारे में

प्रकरण 1: बेंच पर रखा वो ख़त

कुछ बेंच बस लकड़ी और ज़ंग होती हैं।

कुछ सब कुछ याद रखती हैं।

मुझे नहीं पता मैं फिर से उस बेंच पर क्यों गया। शायद मुझे फिर से खामोशी की तलाश थी। या शायद... मैं थक चुका था ये दिखावा करते-करते कि शोर मुझे परेशान नहीं करता।

उस शाम की हवा बारिश से भारी नहीं थी।

उससे भी भारी थी।

वो खामोशी ऐसी थी जैसे पूरी दुनिया एक पल को रुक गई हो—बस मुझे बिखरते देखने के लिए।

मैंने हमेशा की तरह हुडी सिर पर चढ़ा ली। कैप नीचे, आँखें झुकी हुईं।

दुनिया मुझे न देखे, यही चाहता था।

और सच कहूँ... मैं भी उसे नहीं देखना चाहता था।

ये बेंच...

इसने मुझे उस इंसान में बदलते देखा है जिसे अब मैं खुद भी नहीं पहचानता।

वही जगह।

वही झील।

वही सीने में चुभता हुआ दर्द—जिसे मैं अब आदत की तरह झेलता हूँ।

पर आज... कुछ अलग था।

बेंच की दो लकड़ी के बीच एक पीला मुड़ा हुआ पन्ना रखा था।

कोने नर्म थे। तह साफ थी। ऐसा नहीं लगा कि खो गया हो...

बल्कि ऐसा लगा कि किसी ने रख छोड़ा हो।

मुझे उसे अनदेखा कर देना चाहिए था।

वैसे ही जैसे अब ज़्यादातर चीज़ों को देख कर नज़रें फेर लेता हूँ।

पर उस ख़त में कुछ था—

एक सन्नाटा। एक इंतज़ार।

वो अहसास... जाना-पहचाना सा था।

मैंने उसे उठाया। धीरे से। जैसे तेज़ी से उठाने पर वो गायब हो जाएगा।

जैसे ही मैंने लिखावट देखी — मेरी दुनिया हिल गई।

वो मुलायम लकीरें।

वो 'श' पर बिंदी की जगह छोटा सा गोला।

कहीं-कहीं ज़्यादा दबाव।

मेरे हाथ ठंडे पड़ गए।

पर धड़कनें नहीं।

"शायद अब यही एक रास्ता बचा है तुमसे बात करने का।
माफ़ी की उम्मीद नहीं है।
बस... उम्मीद है कि एक दिन तुम सब कुछ पढ़ोगे।"
– A

"A."

सिर्फ़ एक अक्षर।

पर ऐसा लगा जैसे पूरी ज़िंदगी कह दी हो।

साँस अटक गई — सीने और बीते वक़्त के बीच।

ये सब हो नहीं सकता।

अब नहीं।

मैंने चारों तरफ देखा। बेसब्री से। घबराहट में।

कोई मज़ाक तो नहीं?

कोई मुझे देख तो नहीं रहा?

बस अजनबी थे — कोई कुत्ते टहला रहा था, कोई बच्चों के पीछे भाग रहा था, कोई चाय की चुस्कियाँ ले रहा था।

कोई ऐसा नहीं दिखा—जिसे ये सब पता होना चाहिए था।

मैंने वो ख़त फिर से मोड़ा। बहुत एहतियात से। जैसे वो टूट जाएगा।

हाथ काँप रहे थे, पर ठंड से नहीं।

क्यों अब?

क्यों यहाँ?

क्यों... वो?

नाम ज़हन में किसी नफरत-भरे गाने की तरह गूंजा जिसे चाहकर भी स्किप नहीं कर सकते।

आरोही

दो साल।

दो लंबे, लहूलुहान साल... जब से वो गायब हुई।

न कोई मैसेज। न अलविदा। बस चुप्पी।

और पीछे रह गईं फुसफुसाहटें — उन लोगों की, जिन्हें लगा कि वो सब जानते हैं।

"उसने मूव ऑन कर लिया।"

"वो किसी और के साथ थी।"

"उसने धोखा दिया।"

और मैंने यक़ीन कर लिया।

क्योंकि सबसे बुरा मान लेना... सच पूछने से आसान होता है।

सच ज़्यादा गहराई तक ज़ख़्म देता है।

पर अब ये ख़त...

उस आवाज़ की गूँज था जिसे मैं अपने दिल की धड़कनों से बेहतर जानता था।

"तुमने अलविदा भी नहीं कहा,"

मैंने खुद से फुसफुसाया।

"बस... चली गई।"

मैंने वो ख़त अपनी जेब में रख लिया — जैसे किसी भूत की निशानी हो।

उठा। तेज़ कदमों से चला।

पर हवा अब और सर्द लग रही थी।

जैसे कोई भूली हुई याद उस हवा में घुली हो —
वो जिसे मैंने बहुत पहले दफ़न कर दिया था।

मैंने बेंच की ओर पलट कर नहीं देखा।

ज़रूरत ही नहीं थी।

क्योंकि कहीं न कहीं, मेरा एक हिस्सा जान चुका
था—

ये कहानी अभी खत्म नहीं हुई।

और सालों बाद पहली बार...

मुझे डर लगने लगा था।

प्रकरण 2: ठंडी लौ

तपिश कब चली जाती है, पता नहीं चलता।

पर जब कोई उसे लौटाने की कोशिश करता है...
तब बहुत महसूस होता है।

कहते हैं वक़्त हर ज़ख़्म भर देता है।

धारों को मुलायम बना देता है, यादों को नर्म।

पर मुझे नहीं लगता वक़्त कुछ भी ठीक करता है।

वो बस सिखा देता है — दर्द को मुस्कुराहट की तरह पहनना।

और ख़ुदा कसम, ये चेहरा मैं बख़ूबी ओढ़ चुका हूँ।

कभी वो लड़का था मैं, जिस पर सब भरोसा करते थे।

ज़ोर से हँसता। तीन बजे रात तक बेतुके जोक्स सुनाता।

अब, एक साधारण "हाय" भी ऐसा सवाल लगता है — जिसका जवाब मैं किसी का हक़ नहीं मानता।

ज़्यादातर लोग सोचते हैं मैं घमंडी हूँ।

कुछ इसे एटीट्यूड कहते हैं।

पर सच?

सच इतना पेचीदा नहीं है।

मैं बस... थक गया हूँ।

थक गया हूँ ये दिखाने से कि मैं ठीक हूँ।

थक गया हूँ उस इंसान का ढोने से जो मैं अब नहीं हूँ।

थक गया हूँ उस मोहब्बत की राख उठाने से — जिसे शायद अब भी चाहता हूँ।

वो ख़त मेरी दराज़ में पड़ा था अब।

फिर से नहीं खोला।

ज़रूरत नहीं थी।

अब वो मेरे अंदर बस गया था।

उस लिखावट की हर लकीर। हर शब्द।

हर वो ख़ामोशी — जो उसने भरने की कोशिश नहीं की।

A.

आरोही।

वो नाम अब भी चुभता है — जैसे कागज़ काट गया हो।

छोटा, पर गहरा।

मैं आज भी वो आख़िरी मुलाकात याद कर सकता हूँ —

न कोई झगड़ा, न अलविदा... बस उसका ना होना।

और फिर शुरू हुई फुसफुसाहटें—

कि वो अब किसी और के साथ है।

कि मैं उसके लिए बस एक मोड़ भर था।

मैंने कुछ नहीं कहा।

सवाल भी नहीं किया।

क्योंकि डर था—

अगर उसने हाँ कहा... तो मैं उस जवाब को जी नहीं पाऊँगा।

पर जो सबसे ज़्यादा चुभा?

उसने कभी इंकार नहीं किया।

कभी कोई सफ़ाई नहीं भेजी।

कभी पलट कर नहीं देखा।

और फिर भी मैं... उस एक ख़त से बंधा था।

आज मैं लाइब्रेरी गया।

किताबों के लिए नहीं।

ख़ामोशी के लिए।

बस एक कोना चाहिए था — जहाँ साँस ले सकूं बिना वजह बताए।

न कोई छोटी बात। न ज़बरदस्ती की मुस्कानें।

बस पन्नों का साथ — जो सवाल नहीं करते।

मैं अपनी हमेशा वाली जगह पर बैठा।

कोई उम्मीद नहीं थी।

चाह भी नहीं।

पर तक़दीर तो वही देती है — जो हम माँगते ही नहीं।

एक और ख़त।

वही पीला पन्ना।

उस किताब के अंदर रखा हुआ — जो पहले से मेरी मेज़ पर रखी थी।

मैंने वो किताब चेक भी नहीं की थी।

दिल ने पहले उछाल मारी। हाथ तो बाद में बढ़े।

धीरे से खोला।

जैसे पहले से पता था — क्या मिलेगा।

"तुमने मुझे एक बार सितारों की कहानी सुनाई थी।
कहा था कि वो मर चुके हैं... पर अब भी चमक रहे हैं।
सोचती हूँ...
क्या हम भी वैसे ही हैं?"

कोई नाम नहीं।

कोई दस्तख़त नहीं।

बस सितारों की चुप्पी और उदासी — शब्दों में पिरोई हुई।

पर ये बात... ये बात बस एक इंसान जानती थी।

बस एक — जिसने मुझे वो रात कहा था।

हमारी आख़िरी छंत वाली बात।

वो रात, जब वो आसमान की ओर देख रही थी
— जैसे कोई ऐसा सपना ढूँढ रही हो जो उसकी
क़िस्मत में नहीं था।

क्या हम भी वैसे ही हैं?

मर चुके... फिर भी चमक रहे हैं?

मैंने ख़त को फिर से मोड़ा, इस बार और भी
धीरे।

गला सूख गया था। दिमाग — शोर से भरा
हुआ।

क्या वो यहाँ है?

देख रही है मुझे?

ये ख़त वही छोड़ रही है?

और अगर नहीं...

तो कौन?

एक हिस्सा था मेरा — जो चाहता था ये फाड़ दूँ।

पास वाले कूड़ेदान में फेंक दूँ।

पर नहीं कर सका।

क्योंकि दो सालों में पहली बार—

मन के किसी कोने से एक फुसफुसाहट आई—

क्या तूने उसे ग़लत समझा, राघव?

प्रकरण 3: वो ख़त जो लहू बन बहते हैं (भाग – 1)

यादों को खामोशी के नीचे दफनाया जा सकता है,

लेकिन जब वो बहती हैं,

तो लहू की तरह रिसती हैं — हर दरार से।

जब मुझे तीसरा ख़त मिला,

तब तक मैं ये दिखावा करना छोड़ चुका था कि मैं उसका इंतज़ार नहीं कर रहा।

शाम ढल चुकी थी। कॉलेज हमेशा की तरह शोर में डूबा हुआ था — हँसी उन गलियारों में गूंज रही थी जहाँ अब मैं दोस्तों के साथ नहीं चलता, बस किसी भूत की तरह गुजरता हूँ, हेडफोन लगाए, अनदेखा।

अब मैं अपना लॉकर भी नहीं खोलता।

वहाँ कुछ बचा ही नहीं — न किताबें, न राज़।

पर किसी और ने मानो तय कर लिया था कि वो अब भी खुलने लायक़ है।

और उसके अंदर, एक कोने में चुपचाप रखा था — तीसरा ख़त।

वही पीला पन्ना। वही सलीके से मोड़।

वो वही हाथ था — जिसने कभी मेरी हथेली पर उंगलियों से शेर लिखे थे।

मैंने इधर-उधर देखने की भी ज़रूरत नहीं समझी।

भीड़ में, शोर में, चलते कदमों के बीच — वहीं खड़ा होकर खोल लिया वो ख़त।

"क्या तुम्हें याद है — 'हाउस नंबर 9'?
वो रात जब बारिश हो रही थी,
और हम उस टूटे हुए घर की छत के नीचे छुप गए थे?
तुम उस रात बहुत हँसे थे...
और मैं इसलिए हँसी थी — क्योंकि तुम हँस रहे थे।"

हाउस नंबर 9।

ये याद बिना शोर के आई।

न कोई बैकग्राउंड म्यूज़िक। न कोई सिनेमाई सीन।

बस... वो।

[फ़्लैशबैक — दो साल पहले]

उस बेवकूफ़ सी कॉलेज पार्टी के बाद बारिश
शुरू हो गई थी।

हम आधे नशे में थे — कोल्ड ड्रिंक्स और हँसी
से।

उसने सफेद कपड़े पहने थे — वो रंग जिसे वो
नफरत करती थी।

सिर्फ इसलिए, क्योंकि एक बार मैंने कह दिया
था कि उस पर अच्छा लगता है।

हम सड़कों पर बच्चों की तरह दौड़ रहे थे, पानी
में छप-छप करते, बारिश को गले लगाते।

जब बारिश तेज़ हुई, वो मुझे एक पुराने, जंग
लगे टिन शेड के नीचे खींच लाई।

आरोही (हँसते हुए, कांपते हुए):
"तुम्हें मुझे कॉफ़ी पिलानी पड़ेगी। ये इमोशनल
डैमेज है। मैं बारिश में सफेद पहन कर आई हूँ,
राघव।"

मैं (मुस्कराते हुए):
"तुमने ख़ुद पहना है। ये तुम्हारी अपनी तकलीफ़
है।"

आरोही (हल्के से मुझे कोहनी मारते हुए):
"तुमसे प्यार करना भी ख़ुद को चोट पहुँचाने जैसा है।"

उसने ये मज़ाक में कहा।

मैं हँसा नहीं।

बस उसे देखा।

सच में देखा।

वो लम्हा था।

जब कुछ कहना चाहिए था।

कुछ भी।

पर जब तुम्हें डर हो कि तुम्हें जो मिला है, वो खो जाएगा —

तब सच कहना बहुत मुश्किल हो जाता है।

[वापस वर्तमान में]

मैं उस ख़त को बहुत देर तक देखता रहा।

अब भी मुझे याद था — उस रात की बारिश की ख़ुशबू।

उसके बालों से टपकते पानी की बूँदें।

उसका हाथ — जो मेरी उंगलियों को हल्के से छूता रहा।

और मेरी धड़कनें — जो उस रात बेकाबू थीं। डरी हुई। जिद्दी।

और अब ये ख़त...

इतने सालों की चुप्पी के बाद।

जब मैंने खुद को इतना पत्थर बना लिया था कि मुझे लगा — अब कुछ महसूस नहीं कर सकता।

वो ये सब क्यों कर रही है?

अब क्यों?

यहाँ क्यों?

मैं ही क्यों?

मैंने वो ख़त बाकी दो के साथ जोड़ दिया।

अब तीन हो चुके थे।

पर अब तक — कोई सफाई नहीं।

सिर्फ यादें।

यादें जो मिटने से इनकार कर रही थीं।

यादें जो चुपचाप लहू की तरह रिसती रहीं — मेरी हर कोशिश के बावजूद।

अब तक मुझे ये बात सबसे ज़्यादा डराने लगी थी:

कि अगर ये आरोही है...

तो ये सब क्या कह रही है?

और अगर वो नहीं है...

तो फिर कौन है जो हमारी कहानियों को ऐसे जानता है?

हमें जानता है?

और यही सोच...

मुझे भीतर तक हिला गई।

प्रकरण 4: वो ख़त जो लहू बन बहते हैं (भाग – 2)

कुछ दर्द चिल्लाते नहीं।

वो बस... चुपचाप ख़त छोड़ जाते हैं।

मैंने किसी को इन ख़तों के बारे में नहीं बताया।

किसी से कुछ नहीं कहा —
ना इसलिए कि मैं उसे बचाना चाहता था,
बल्कि इसलिए क्योंकि...
अब मुझे नहीं पता था कि क्या उसे किसी से
बचाने की ज़रूरत भी बची है या नहीं।

और शायद — सिर्फ़ शायद —
मैं ये जादू टूटता नहीं देखना चाहता था।

उसके लौटने का तरीका कुछ अलौकिक सा था
—

ना कॉल्स, ना टेक्स्ट, ना कोई दूसरा मौका...

सिर्फ़ स्याही में लिपटी यादें।

सिर्फ़ वो ख़ामोशियाँ — जो आज भी चीख़ती हैं।

दो दिन बीत चुके थे।

अब मैं साये गिनता था।

कदमों के पीछे देखने लगा था — ज़्यादा बार।

दिमाग कहता था: ये सब बस इत्तेफ़ाक़ है।

कोई शरारत, कोई पुरानी याद।

पर सीना...
वो तो हमेशा सच जानता है।

हमेशा।

चौथा ख़त लाइब्रेरी की एक किताब में छुपा
मिला —
जिसे मैंने चुना तक नहीं था।

लाइब्रेरियन ने बिना देखे मुझे थमा दी थी।

कोई पुराना उपन्यास। घिसे हुए कवर वाला।

मैं पन्ने पलटता रहा — यूँ ही, दिखावे के लिए।

और फिर — पेज 97।

वहीं था वो।

सलीके से मोड़ा हुआ।

जैसे वो चाहता तो था कि कोई उसे ढूंढे...
पर डरता था कि शायद कोई ढूंढ ले।

"तुम्हारा ग़ुस्सा होना ग़लत नहीं था।
पर बिना पूछे मुझे दोषी ठहराना... वो ग़लत
था।"

ये लाइन चुभी नहीं।

ये जली नहीं।

इसने मुझे थका दिया।

थका दिया उस ग़ुस्से को पकड़ कर जीते-जीते
—
जिसके पास कोई सबूत नहीं था।

थका दिया उस सच से भागते-भागते —
जिसे मैंने कभी जानने की कोशिश ही नहीं की।

थका दिया उस विलेन का रोल निभाते-निभाते
—
जिस कहानी की मैंने कभी सच्चाई समझने की
कोशिश ही नहीं की।

मैंने पन्ने से फुसफुसा कर कहा —
जैसे वो सुन सकती हो,
या शायद अब भी कहीं सुन रही हो...

"मैंने पूछा क्यों नहीं?"

"क्यों बस मान लिया... कि सब कुछ झूठ है?"

मैंने खुद को समझाया था:

ऐसे दर्द देना आसान है,
बजाय उस दर्द के जो किसी जवाब से आता।

पर दिल के किसी कोने में...
मैं डरता था।

डरता था कि अगर उसने सच बोल दिया —
तो वो मुझे उस जगह तोड़ देगा जहाँ कोई
अफ़वाह नहीं तोड़ सकती।

[फ़्लैशबैक — एक साल पहले, ख़ामोशी से
पहले]

हम फिर उसी बरगद के पेड़ के नीचे थे —
हमारी जगह।

उसका सिर मेरी गोद में।
उसकी उंगलियाँ मेरी हथेली पर हल्के-हल्के चक्र
बना रही थीं —
जैसे कोई अधूरी चिट्ठी लिख रही हो।

आरोही (धीरे):
"तुम बहुत जल्दी भरोसा कर लेते हो, राघव।"

मैं (हल्की मुस्कान के साथ):
"तुम ऐसे कह रही हो जैसे ये कोई बुरी बात
हो।"

आरोही:
"बुरी नहीं है... ये खूबसूरत है।
लेकिन तुम जैसे लोग...
बहुत जल्दी लहूलुहान हो जाते हैं।"

मैं (चुटकी लेते हुए):
"तो फिर बस खंजर तुम्हारे हाथो में नहीं होना
चाहिए ।"

वो नहीं हँसी।

बस आँखें बंद कर लीं।

और अब — दो साल बाद —
मैं समझता हूँ...

उस वक़्त की ख़ामोशी ही उसकी पहली
अलविदा थी।

[वापस वर्तमान में]

अब तो अपने दिल पर भी भरोसा नहीं रहा।

क्योंकि कोई है —
जो ये सारे ख़त छोड़ रहा है —
इतनी बारीकी से, जैसे उसे मेरी आदतें, मेरी राहें,
मेरी परछाइयाँ तक पता हों।
क्या वो आरोही है?

या कोई और?

या शायद... मेरा दिमाग ही अब उस बोझ से टूट
रहा है —
जो सालों से जवाब मांगे जा रहा है?

आज लाइब्रेरी में एक लड़की दिखी।

भूरा स्कार्फ़ पहने हुए।

वो बार-बार पीछे देख रही थी —
सीधे नहीं, बस हल्का-सा।

उसने अपने बैग से एक पन्ना निकाला —
वही पीले किनारे।

वही तह।

मैं ठिठक गया।

रुक गया।

वो चली गई — बिना कुछ कहे।

और मैं?

मैं बस बैठा रहा।

पेज 97 को घूरते हुए।

अपने आप से फुसफुसाते हुए —
जैसे कोई आदमी आख़िरी बार ख़ुदा से कुछ
मांग रहा हो...

"अगर ये कोई खेल है...
तो अब यहीं खत्म करूँगा।
लेकिन अगर...
अगर ये सच में तुम हो, आरोही...
तो फिर —
अब क्यों?"

और उस सवाल का जवाब...

वो भी ख़ामोशी में गुम रहा।

जैसे हर वो जवाब —
जो वो पीछे छोड़ गई थी।

प्रकरण 5: लगभग... हमेशा

कुछ लोग कभी नहीं जाते।

वो बस... उस एक पल में गुम हो जाते हैं —
जब तुम उनकी ओर देखना भूल जाते हो।

आख़िरी ख़त के बाद के दिन...

एक अधूरी सी परफॉर्मेंस बन गए थे।

जैसे मैं अपने ही जिस्म को किराए का लिबास बनाकर पहन रहा हूँ।

लेक्चर्स में ऐसे चलता जैसे कोई परछाई खुद को इंसान समझने का नाटक कर रही हो।

मुस्कुराता था उन लोगों के लिए —

जो नहीं जानते थे कि मेरी मुस्कान अब सिर्फ़ एक आदत है।

पर उस सब के नीचे —

मैं अब भी तलाश रहा था।

बेंचों में।

कोनों में।

लाइब्रेरी की शेल्फ़ों में।

कॉफ़ी कप की स्लीव में।

यहाँ तक कि अपनी हुडी की जेब में भी —

जैसे उम्मीद को इतना छोटा मोड़ सकूं कि वो
वहीं फिट हो जाए।

पर उम्मीद दो बार दरवाज़ा नहीं खटखटाती।

वो चुप रहती है।

और फिर गायब हो जाती है।

पाँचवे दिन...

इस बार वो ख़त मेरे लिए छोड़ा नहीं गया था।

गिरा था।

कॉरिडोर की ठंडी फ़र्श पर —
एक सरसराहट सी।

किसी का हाथ — जो बस छू कर निकल गया।

कोई आकृति — जो कोने से इतनी तेज़ मुड़ी कि
चेहरा दिख ही नहीं पाया।

स्याही में लिपटा एक बिन बोले अलविदा।

मैंने वो पन्ना उठाया।

देखने की ज़रूरत नहीं थी।

मैं जान गया था।

पर ये ख़त... बाकी सब से अलग था।

वो तह नहीं किया गया था।

फटा हुआ था —

किनारे जैसे किसी तूफ़ान ने नोच दिए हों।

स्याही जगह-जगह फैली हुई —
जैसे शब्दों ने रोना शुरू कर दिया हो।

"तुम्हें लगता है मैंने जाना चुना?"

"नहीं, राघव।

मैंने हर बार तुम्हें चुना।

हर उस लम्हे में —
जब मुझे ख़ुद को तोड़ना पड़ा...
बस तुम्हें बचाने के लिए।"

और उसी पल —

मेरे पैरों ने चलना भूल दिया।

मैं वहीं जम गया —
कॉरिडोर के बीचों-बीच।

लोग टकराए।

किसी ने कुछ फुसफुसाया।

किसी ने हँसी उड़ाई।

पर मैं… बस खड़ा रहा।

अपने अंदर एक चीख को दबाए हुए।

क्योंकि कुछ तो अंदर…

टूट गया था।

[फ़्लैशबैक — एक हफ़्ता पहले, वो चली गई थी]

बारिश —
जैसे अधूरी बातों की टपकती सी आवाज़।

वो देर से आई थी।
फिर से।

मैं गुस्से में था।
फिर से।

किस बात पर?

अब याद नहीं…

पर अपनी आवाज़ याद है।

उसकी भी।

मैं (तेज़ लहजे में):
"हमेशा ऐसा ही होता है तुम्हारे साथ। देरी, उलझन, छुपी बातें।"

आरोही (धीरे):
"मैं किसी ऐसे के साथ फँस गई थी जिसे टाला नहीं जा सकता था।"

मैं:
"ओह, हाँ? वही लड़का जिसके बारे में सब फुसफुसा रहे हैं?"

उसका चेहरा बदला।

न ग़ुस्सा।

न शर्म।

बस... निराशा।

आरोही:
"तुमने कभी पूछा भी नहीं — कि सच क्या है।"

"तुमने बस तय कर लिया — कि मैं ग़लत हूँ।"

और फिर... वो चली गई।

काँपते हाथ।

बुझी हुई आँखें।

और मैं?

मैंने उसे जाने दिया।

क्योंकि उस दिन —

मेरा 'अहम' उसकी 'ख़ामोशी' से ऊँचा बोल रहा था

[वापस वर्तमान में]

उस रात, मैं फिर उसी बरगद के नीचे गया।

जहाँ कभी उसका सिर मेरी गोद में था।

जहाँ उसकी हँसी की गूंज पत्तों में बसी हुई थी।

पर इस बार...

बस मैं था।

और एक फटा हुआ ख़त —
जो चीख़ रहा था —
वो सब कुछ जो उसने कभी नहीं कहा।

मैं (धीरे फुसफुसाते हुए):
"तुम्हारे साथ क्या हुआ, आरोही?"

"तुमने चिल्लाकर कुछ क्यों नहीं कहा?"

"तुमने अपना बचाव क्यों नहीं किया?"

मेरे सारे सवालों के ज़वाब में मुझे सिर्फ ख़ामोशी मिली।

भारी। स्थिर।

जैसे कोई ज़ख़्म —
जो अब बिना टांकों के ठीक होने की कोशिश कर रहा हो।

पर आज रात —
मुझे वो ख़ामोशी बुरी नहीं लगी।

मुझे डर लगा।

क्योंकि ऐसा लग रहा था —

जैसे कुछ मेरे हाथों से फिसल रहा है।

जैसे वक़्त।

जैसे सच्चाई।

जैसे... वो।

और पहली बार,

मैं माफ़ी ढूँढ रहा था।

ना उसकी।

अपनी।

प्रकरण 6: जो चाँद ने सुना

कुछ कहानियाँ कभी ज़ुबान तक नहीं पहुँचतीं...

पर चाँद —
वो फिर भी सुन लेता है।

दो दिन बाद मुझे एक और ख़त मिला जैसे वो
मेरा इंतज़ार कर रहा था।

छुपा नहीं था।

ना किसी साए में दबा हुआ,
ना किसी कोने में चुपचाप छुपा हुआ।

सीधे बोर्ड पर चिपका हुआ था —
ऑडिटोरियम के बाहर, उस पुराने नोटिस बोर्ड
पर।

जैसे कोई चुनौती हो।

जैसे कोई याद जो मिटने से इनकार कर रही हो।

कोई और नहीं रुका।

किसी ने दोबारा नहीं देखा।

पर मैंने देखा।

क्योंकि अब उसकी लिखावट मैं देखने से पहले
ही महसूस कर लेता था।

जैसे किसी भूले हुए गीत की कंपन वापस दिल में दौड़ जाए।

मैंने नोट को उतारा।

बहुत धीमे से खोला —
जैसे कोई टूटी हुई चीज़ हो, जिसे सहेज कर छूना पड़े।

और लिखा था—

"तुमने एक बार मुझसे पूछा था —

जब मैं चाँद को देखती हूँ, तो क्या दुआ माँगती हूँ?"

"मैंने तब कुछ नहीं कहा।"

"पर सच्चाई ये थी —
मैं ये दुआ माँगती थी कि
तुम मुझे उस नज़र से कभी मत देखना

जैसी नज़र से आख़िर में देखा।"

मैं साँस लेना भूल गया था एक पल के लिए।

क्योंकि मुझे वो रात...
बहुत अच्छे से याद थी।

[फ़्लैशबैक — ब्रेकअप से 6 महीने पहले]

पूरे चाँद की रात।

छत पर।

वो अपनी पलकों के नीचे पूरा आसमान समेटे
—
खामोशी से कुछ माँग रही थी।

मैं (हँसते हुए):
"क्या माँग रही हो? एक और कॉफ़ी डेट?"

आरोही (आँखें बंद, धीमे स्वर में):
"शांति।"

मैं (मुस्कुराते हुए):
"तुम्हारे पास मैं हूँ — और क्या चाहिए तुम्हें?"

उसने मुस्कुराया।

पर वो वाली मुस्कान नहीं थी।

वो आधी सी थी —
जैसे कोई कह रहा हो "मैं ठीक हूँ",
पर आँखें कुछ और बोल रही हों।

आरोही (बहुत धीरे):
"बस यही बात है, राघव...

तुम मेरे अंदर सब कुछ बहुत तेज़ कर देते हो।"

उस वक़्त —
मैंने सोचा वो प्यार की बात कर रही है।

जुनून की। जादू की।

पर अब लगता है...

वो डर की बात कर रही थी।

क्योंकि तब भी...

मैं उस पर पूरा यक़ीन नहीं करता था।

और प्यार जो भरोसे के बिना हो —
वो सिर्फ़ डरे हुए दिल पर इत्र बन जाता है।

उस रात वो बार-बार फ़ोन देख रही थी।

तेज़-तेज़ टाइपिंग।

स्क्रीन लॉक।

बेचैन उंगलियाँ।

मैंने हँसी में उड़ा दिया।

पर मेरे अंदर एक आवाज़ ने धीरे से कहा—

"किससे छुपा रही है?"

वो आवाज़ कभी गई नहीं।

वो धीरे-धीरे ज़हर बन गई।

शक की आग।

ख़ामोशी की लपट।

[वापस वर्तमान में]

मैं अपने अपार्टमेंट की छत पर खड़ा था।

वही आसमान।

वही चाँद।

बस अब ज़्यादा ठंडा।

मैं (सोचते हुए):
"तुमने दुआ माँगी थी कि
मैं तुम्हें उस नज़र से ना देखूँ
जिससे मैंने देखा..."

शक से भरी।

संदेह से बुझी।

फासले पैदा करती हुई।

पर मैंने वही किया।

मैंने भी आँखें बंद कीं —
जैसे उसने उस रात की थीं।

और पहली बार...

मैंने दुआ माँगी।

ना माफ़ी के लिए।

ना दूसरे मौके के लिए।

बस उसके लिए।

"अगर कहीं भी आरोही का कोई हिस्सा अब भी इस दुनिया में है...

तो उसे एहसास हो जाए —

कि मैं ग़लत था।"

उसे पता चले —

कि आज मैं वो सब देख पा रहा हूँ —

जो तब देखने से इनकार कर दिया था।

उसे ये भी बता देना —

कि चाँद सब कुछ याद रखता है।

भले ही मैंने भूलने की कितनी भी कोशिश की हो।

प्रकरण 7: कहीं के भी नहीं रहे हम

कुछ जवाब तब नहीं मिलते जब तुम उन्हें ढूँढ रहे हो।

वो तब मिलते हैं —
जब तुम भागना छोड़ देते हो।

वो शाम कुछ अलग थी।

नर्म, धुंधली सी।

जैसे हर चीज़ याद बन कर छन रही हो।

और हवा भी —
जानी-पहचानी सी लग रही थी।

पता नहीं मैं क्यों चल रहा था।

किसी को ढूँढना नहीं था।

शायद अब एक ही जगह खड़े रहने से थक गया था।

तो चलते-चलते...
कॉलेज से दूर।
उस बेंच से दूर।

उस रास्ते पर पहुँच गया —
जो बरसों से नहीं देखा था।

और वो रास्ता...
ले गया मुझे उस पुराने रेलवे हिल तक।

एक ऐसी जगह
जहाँ हम सिर्फ़ एक बार गए थे।

मानूसन की दोपहर।
बंक मारकर।
भीगते हुए।
राज़ों से लिपटे हुए।

[फ़्लैशबैक — वो एक दोपहर]

हम एक झुकी हुई टीन की छत के नीचे बैठे थे।

हाथ ठंडे थे।

पर हँसी गर्म थी —
उस चाय से भी ज़्यादा जो हमने कभी ख़रीदी
नहीं।

आरोही:
"तुम्हें पता है मौत से ज़्यादा डरावनी चीज़ क्या
होती है?"

मैं (हँसते हुए):
"टैक्स?"

आरोही (हल्के से हँसती):
"भुला दिया जाना... किसी ऐसे इंसान के द्वारा
जिसने एक वक़्त कहा था —
'तुम बिन जी नहीं सकता।'"

उसने ये बात मुस्कुरा कर कही थी।

पर ये कोई मज़ाक नहीं था।

उस वक़्त मैं समझ नहीं पाया —

कि उसके बहुत से सच...
उसकी हँसी के पीछे छुपे होते थे।

अब मैं उसी पुरानी जंग लगी बेंच तक पहुँच
चुका था —
रेलवे हिल के किनारे वाली।

धातु अब भी ठंडी थी —
उसी दिन जैसी।

मैं बैठ गया।

घुटनों पर हथेलियाँ टिकाईं।

जैसे एक बूढ़ा आदमी —
जिसके शरीर से ज़्यादा बोझ...
उसके अफ़सोस उठाते हैं।

और तभी —
मैंने उसे देखा।

बेंच के नीचे दबा हुआ —
एक पतला सा प्लास्टिक फोल्डर।

टेप लगा था।

पुराना लग रहा था।

और फिर भी —
ऐसा जैसे इंतज़ार कर रहा हो।

ये अब इत्तेफाक़ नहीं था।

ये कोई कोरियोग्राफ़ी थी।

मैंने काँपते हाथों से उसे खोला।

इस बार कोई चिट्ठी नहीं।

ना कविता।
ना कोई अलंकार।

बस एक लिस्ट।

"वो चीज़ें जो मैंने छोड़ दीं... और तुम्हें कभी पता नहीं चला:

- "डिबेट फाइनल में अपनी सीट — क्योंकि तुम्हारा प्रोजेक्ट अधूरा था।"
- "विदेश की स्कॉलरशिप — क्योंकि मैं तुम्हें अकेला छोड़ना नहीं चाहती थी।"
- "हर वीकेंड घर ना जाना — क्योंकि तुम्हारे पापा की बीमारी के वक़्त तुम अकेले डरते थे।"
- "मेरे थेरेपी सेशन — क्योंकि तुम कहते थे की ये कमज़ोर लोगो की निशानी है "
- "सच — क्योंकि मुझे पता था, तुम कभी यक़ीन नहीं करोगे।"

गला सूख गया।

मैंने दोबारा पढ़ा।

फिर से। फिर से।

मैं (सोचते हुए):
"कौन सा सच?"

"क्या था ऐसा —
जिस पर मैंने यक़ीन नहीं किया?"

ये लिस्ट एक चुप्पी में दबा हुआ चीख़ थी।

हर बुलेट पॉइंट एक ऐसा आइना था —
जिसमें मैं देखना नहीं चाहता था।

वो अपने ही क़िस्से से खुद को मिटा रही थी...

ताकि मेरी कहानी में मुझे हीरो बनाया जा सके।

और मैंने?

मैंने उसे "प्यार" कहा।

मैं उठ गया।

घबरा कर चलने लगा।

दिल धड़क नहीं रहा था —
धमक रहा था।

अब वो चुप्पी जिसकी मुझे तलाश थी...

वो अब सुकून नहीं थी।

वो सज़ा बन चुकी थी।

मैं (धीरे-धीरे बुदबुदाते हुए):
"क्या वो कभी बेवफ़ा नहीं थी?"

"क्या वो खुद को ख़त्म करती रही —
सिर्फ मुझे बचाने के लिए?"

मैं चीख़ना चाहता था।

मैं आसमान को फाड़ देना चाहता था।

पर जो किया —
वो बस बेंच पर फिर से गिर पड़ा।

चेहरे को हाथों में छुपा लिया।

और एक बहुत ही धीमी, टूटी हुई आवाज़ में
कहा:

"आरोही... तुम कहाँ हो?"

कोई जवाब नहीं।

हवा तक ने कुछ नहीं कहा।

बस नीचे से एक ट्रेन गुज़रने की आवाज़ आई —

जैसे अपने साथ वो साल भी खींचती जा रही हो
—
जो मैंने शक में गँवा दिए।

[फ़्लैशबैक — वो तीन महीने पहले, जब वो
गई]

शनिवार की दोपहर।

छत पर —
ठंडी ड्रिंक्स और नरम बादल।
वो शांत थी।

बहुत ज़्यादा शांत।

मैं (मुस्कराते हुए):
"सब ठीक है? या फिर से तुम्हारी आत्मा
buffering कर रही है?"

वो हल्का सा हँसी।

पर उसकी उंगलियाँ —
कुर्सी के हत्थे पर बेसब्र पैटर्न बना रही थीं।

आरोही (धीरे):
"क्या कभी ऐसा लगता है —
कि तुम ठीक नहीं हो...

पर इतने टूटे भी नहीं कि मदद माँग सको?"

मैं:
"अरे यार, सबके डाउन्स होते हैं।
थोड़ी देर में ठीक हो जाता है।
डिस्ट्रैक्शन ले लो।"

आरोही (झिझकते हुए):
"अगर डिस्ट्रैक्शन काम ही ना करे तो?"
"अगर... मदद की ज़रूरत हो?"

मैंने नहीं सुना।

सच में नहीं।

मैं (हँसते हुए):
"यार, आजकल तो हर छोटी बात पे लोग थेरेपी
चले जाते हैं।
अपना झोल खुद हैंडल करो ना।"

मैं हँसा।

वो नहीं।

उसने नीचे देखा। होंठ काटे।

और कुछ बहुत धीरे बुदबुदाई...

"ठीक है..."

और शायद वहीं था वो लम्हा।

जहाँ वो डूब रही थी —
और मुझे लगा, वो बस चुप है।

[वापस वर्तमान में]

मैं उस लिस्ट को घूरता रहा।

हाथ काँप रहे थे।

ठंड से नहीं।

याद से।

मैं (सोचते हुए):
"तूने उसे शर्मिंदा कर दिया मदद माँगने पर।"

"जब वो अपना दिल खोलना चाहती थी,
तूने मज़ाक बना दिया।"

"जब वो चुप थी,
तूने उसे 'ड्रामे' समझा —
'दर्द' नहीं।"

मैंने उस पन्ने को बहुत धीरे से मोड़ा।

जैसे कोई ऐसा हिस्सा समेट रहा हो —
जिसका हक़दार कभी था ही नहीं।

मुझे नहीं पता इस रास्ते में और कितने सच छुपे
हैं।

पर अब एक बात पूरी तरह से साफ़ हो चुकी
थी—

उसने मुझे नहीं छोड़ा।

उसने वो रूप छोड़ा —
जो उसे अपनी पहचान मिटाकर निभाना पड़ता
था।

वो चुपचाप डूब गई।
और मैं...

किनारे पर खड़ा —

तालियाँ बजा रहा था,

ये सोचते हुए कि वो मुझे अलविदा कह रही है।

प्रकरण 8: उसका ब्लॉग ही उसका लहू था

तुम सोचते हो कि ख़ामोशी मतलब ग़ैरहाज़िरी।

लेकिन फिर किसी कोने में —
तुम्हें कोई ऐसी सच्चाई सुनाई देती है...

जहाँ तुमने कभी सुनने की कोशिश ही नहीं की।

देर रात थी।

इतनी देर कि समझ भी थक कर सो जाती है।

पर सुकून अब भी कहीं दूर था।

नींद नहीं आई।

वो लिस्ट —
जो रेलवे हिल पर मिली थी —
अब दिमाग से हट ही नहीं रही थी।

उसकी कुर्बानियाँ।
उसकी खामोशियाँ।
उसके अनकहे चीख़।

और वो एक लाइन —
जो सबसे ज़्यादा चुभ रही थी: "सच — क्योंकि
मुझे पता था कि तुम कभी यक़ीन नहीं करोगे।"

क्या था वो सच?

मैंने क्या खो दिया?

या शायद...

क्या मैंने उस सच को मार दिया —
उसके बोलने से पहले ही?

अब मुझे जवाब चाहिए था।

पर वो नहीं जो लोग मुंह से देते हैं।

वो जो लोग दिल में छुपा कर रखते हैं।

मैंने इंटरनेट खोला।

उसी जगह गया —
जहाँ कभी झाँकने की ज़रूरत ही नहीं समझी
थी।

उसका ब्लॉग।
हाँ, वो लिखती थी।

कभी बताया था —
कि "बस अपने लिए कुछ पन्ने रखती हूँ।"

मैंने तब मुस्कुरा कर कहा था —

"क्यूट है।"

फिर कभी पूछा तक नहीं।

और यही मेरी सबसे बड़ी ग़लती थी।

मुझे उस ब्लॉग को ढूँढने में घंटों लग गए।

Reddit थ्रेड्स।
पुराने फोरम्स।
जंग लगे ईमेल में छुपा एक username

और आख़िरकार...

मिल गया।

Username: she_writes_in_whispers

Bio:

"अगर मैं कभी ग़ायब हो जाऊँ,

तो मेरे शब्द सबूत हों — कि मैं कभी थी।"

गला सूख गया।

मैंने क्लिक किया।

बहुत ज़्यादा पोस्ट नहीं थीं।

बस 8 एंट्रीज़।

कोई टाइटल नहीं।

सिर्फ़ तारीखें।

दो सालों में बिखरे हुए लम्हे।

हर एक पोस्ट...
जैसे कोई टाइमबॉम्ब हो।

मैंने पहला पढ़ा।

Entry: 03 जून, 2014

"वो मुझे इतनी आसानी से हँसा देता है।

और फिर भी,

मैं सोचती हूँ कि क्या उसे पता चलेगा कि मैं उसी हँसी के पीछे चुपचाप रो रही हूँ।

आज उसने कहा कि उसे मुझसे प्यार है क्योंकि मैं 'मज़बूत' हूँ।

और मेरे मन में बस एक ही ख्याल था —

मज़बूती वो नहीं होती
जो सबसे ज़्यादा मुस्कुराए...
वो होती है —
जो टूटने से पहले मदद माँगने की हिम्मत करे।"

मैं रुका।

दोबारा पढ़ा।

फिर स्क्रॉल किया।

Entry: 17 सितम्बर, 2014

"कभी-कभी मन करता है चीख़ूं।

कहूँ —

कि जो इंसान मुझे 'emotionally sorted'
समझता है,

उसी के साथ रहना सबसे अकेली चीज़ है।

काश वो दो बार पूछता

जब मैं कहती — मैं ठीक हूँ।

काश मुझे टूटना ना पड़ता —
सिर्फ़ उसे यक़ीन दिलाने के लिए।"

Entry: 29 जनवरी, 2015

"उसे लगता है मैं overreact करती हूँ।

पर किसी को अपने ज़ख़्म कैसे दिखाओ

जो दुनिया को बस black-and-white में
देखता है?

आज कुछ देखा —

ऐसा जो अब आँखों से हटता ही नहीं।

बताना चाहा,

पर उसने कहा —
'तुम पागल हो रही हो।'

तो फिर...

चुपचाप निगल लिया।

हमेशा की तरह।

शायद एक दिन...
मैं दम ही घुट जाऊँगी।"

अब मेरी उंगलियाँ तेज़ स्क्रॉल कर रही थीं।

जैसे हर पोस्ट एक शीशा था —
जिस पर हाथ रख कर खुद को ज़ख़्मी करना
ज़रूरी था।

और फिर आया वो पोस्ट —

Entry: 07 नवम्बर, 2015
(वो तारीख़... जब वो ग़ायब हुई थी)

"उसे लगता है मैंने उसे धोखा दिया।

पर वो नहीं जानता —

मैं उसे किसी ऐसे सच से बचाने की कोशिश कर
रही थी

जो हम दोनों को तोड़ सकता था।

बहुत कुछ है जो उसे नहीं पता।

और शायद ये मेरी ही ग़लती है।

पर जब कोई इंसान बिना पूछे —

तुम्हें ग़लत मान ले...

तब तुम्हें सच बताने की हिम्मत नहीं होती।

काश वो ये पढ़े... कभी।

और समझे —

कि प्यार सिर्फ़ तब नहीं होता

जब कोई मुस्कुरा रहा हो।

प्यार तब होता है —

जब कोई काँप रहा हो... डर में...

और फिर भी तुम उसका यक़ीन करो।

मैं काँप रही थी।

और डर में थी।

हमेशा।"

मैं पीछे बैठ गया।

स्क्रीन धुँधली हो गई थी।

कुछ अंदर टूट गया था।

बिना आवाज़।

बस बोझ से।

मैंने उसकी पूरी कहानी अपने हिसाब से गढ़ ली थी।

उसके चेहरे पर वो रंग पोते —
जो मेरी सहूलियत के थे।

पर अब समझ आया —

वो लड़की जिसे मैंने चाहा...

वो टूट नहीं रही थी।

वो खुद को मुझसे छुपा रही थी।

और वो भी दुनिया से नहीं —
मुझसे।

मैंने आख़िरी पोस्ट पर क्लिक किया।

इस बार — कोई शब्द नहीं थे।

बस एक तस्वीर।

एक पेंटिंग।

उसके हाथों की।

काली और सफ़ेद।

एक लड़की की परछाई —
आधी गायब, आधी चीख़ती हुई।

नीचे लिखा था:

"अगर मैं कभी ग़ायब हो जाऊँ...

तो याद रखना —

मैंने रुकने की बहुत कोशिश की थी।"

बस।

न कोई अलविदा।

न कोई अंत।

बस गूंज।

और उसी पल —

उसकी हर बात —
हर एक लाइन जो उसने कभी मुझसे कही थी
—

दिमाग में उल्टी दिशा में चलने लगी।

और इस बार...

मैंने सुना।

मैं (बहुत धीमी साँस में):
"मैंने उसे विलेन बना दिया...
जब की वो मुझे हीरो बनाना चाहती थी।"

प्रकरण 9: पन्नों के बीच की गूंजें

कभी-कभी किसी को पाना,
उसके पीछे भागने से नहीं होता —
बल्कि वहाँ सुनने से होता है,
जहाँ वो आख़िरी बार बोला था।

दो दिन।

बस दो दिन —
जब मैंने उसकी आवाज़ को
अपनी उँगलियों के बीच मोड़े हुए महसूस किया।

पढ़ता रहा।

फिर से पढ़ा।

साँस लेना भूल गया।

याद आया —
कैसा लगता है किसी के देखे जाने के बाद भी न
समझे जाने का एहसास।

नींद नहीं आई।

भूख जैसी चीज़ का कोई वजूद ही नहीं था।

दुनिया एक धुँध बनकर
काँच पर जमी ओस सी लगने लगी।

ग़म एक अजीब सी ज़ुबान है।

वो चिल्लाता नहीं।

वो बस धीरे-धीरे उतरता है —
किसी किताब पर जमी धूल की तरह...

जिसे तुम तभी पढ़ते हो —
जब वो मायने खो चुका होता है।

पर ग़म अकेले कुछ नहीं कर सकता।

वो वज़न है।

और मुझे पंख चाहिए थे।

इसलिए मैं लौटा।

उस जगह, जिसे मैंने खुद के लिए बंद कर दिया
था —

कॉलेज की लाइब्रेरी।

वही दीवारें।

वही सन्नाटा।

पर अब सब कुछ अलग था।

बहुत अलग।

मैंने महीनों से वहाँ क़दम नहीं रखा था।

अब ये जगह मुझे नहीं पहचानती थी।

यहाँ स्याही की ख़ुशबू थी।

और उन ज़िंदगियों की जो अब मुझसे आगे
निकल चुकी थीं।

मैं ऊपर की ओर चला —
वो पुरानी लकड़ी की सीढ़ियाँ —
जैसे वक़्त की कोई टूटती हुई सी आवाज़ हो।

सेकंड फ्लोर।

बाईं तरफ़ का कोना।

वो कोना... उसका कोना।

जहाँ वो बैठा करती थी।

उस खिड़की के पास —
जिससे रोशनी ऐसे गिरती थी,
जैसे कोई माफ़ी।

वहीं —
गोदी में उसका हरा नोटबुक।

चाँद के स्टीकर वाला।

आरोही किताबें पढ़ती नहीं थी —

वो उनसे बातें करती थी।

अब मैं वहाँ बैठा था।

अकेला।

सुनने के लिए।

और कुर्सी ने जवाब दिया।

न चरमराहट से।

बल्कि...

कागज़ की एक तह में लिपटी सरसराहट से।

कुर्सी की पीठ और गद्दी के बीच —

एक फटा हुआ पन्ना।

जैसे कोई राज़ जो साँस लेना चाहता हो।

मैंने धीरे से निकाला।

और उसी पल —

वो फिर से बोल उठी।

आरोही की लिखावट में:

"शायद तुम ये नहीं पढ़ रहे हो।

पर अगर कहीं किसी वक़्त ये तुम्हारे हाथ लग जाए...

तो बस इतना चाहूँगी —

कि ये शब्द तुम्हें जाने-पहचाने लगें।

क्योंकि मैं हमेशा बस यही चाहती थी —

कि तुम उन हिस्सों को भी देखो

जिनसे तुम हमेशा नज़रें चुराते रहे।

मैं तुम्हें सज़ा देने के लिए नहीं गई।

मैं इसलिए गई —

क्योंकि रुकने का मतलब था

खुद को हर रोज़ थोड़ा-थोड़ा खो देना।

और मैं...

पहले ही बहुत खो चुकी थी।"

मेरी उँगलियाँ पन्ने को कस कर पकड़ चुकी थीं।

मैं (मन में):
"उसके शब्द अब गोंद जैसे क्यों लग रहे हैं...
जब मैंने पहले इन्हें ताक़ पर रख दिया था?"

वो सिर्फ़ नोट्स नहीं छोड़ रही थी।

वो अपने टुकड़े —
हमारी जगहों में सांस लेने के लिए छोड़ रही थी।

रेलवे हिल की बेंच।

लाइब्रेरी का ये कोना।

ये सब कोई इत्तेफाक नहीं थे।

ये आवाज़ की लहरें थीं।

हर नोट —
एक लहर।

और लहरें तभी गूंजती हैं —
जब कोई आवाज़ उन्हें भेजता है।

जब कोई रिश्ता उन्हें पैदा करता है।

मैं (मन में):
"अगर ये एक रास्ता है...
तो इसका कोई अंत भी होना चाहिए।"

मैं उठ खड़ा हुआ।

इतने दिनों — नहीं, महीनों बाद...

मेरे भीतर कुछ जलने लगा था।

जैसे किसी ने दिल में दिया जला दिया हो।

अब ये मातम नहीं था।

ये मोहलत थी।

वो चुप्पी —
जिसे उसने मेरे लिए छोड़ा था —

अब धीरे-धीरे खुल रही थी।

वो नहीं चाहती थी कि मैं उसे ढूँढूँ।

वो चाहती थी —

कि मैं उसे समझूँ।

और अब...

शायद पहली बार...
मैं सुन पा रहा था।

प्रकरण 10: धूल में दबी आवाज़

कुछ रास्ते नक्शों में नहीं होते।
वो उन लम्हों में छिपे होते हैं, जिन्हें हम कभी
अहम नहीं समझते।

अब ये सिर्फ़ चिट्ठियाँ नहीं थीं।
ये एक पैटर्न था।
एक नक्शा — चुप्पियों में बना हुआ।

वो बेंच।
वो लाइब्रेरी।
हर जगह जो आरोही ने चुनी —
बिलकुल यादृच्छिक नहीं थी।

वो उसकी थी।
हर कोना, एक भावनात्मक फिंगरप्रिंट।

और तभी एक पुरानी याद जागी —
एक बार जब मैंने किसी बहस के बाद उसे
चुपचाप फॉलो किया था।
वो समझी थी मैं जा चुका हूँ।
पर मैं सामने की गली से देख रहा था
जब वो रेलवे कॉलोनी के पीछे एक छोटे से आर्ट
सप्लाई शॉप में दाख़िल हुई।

वो वहाँ कुछ खरीदने नहीं गई थी।
वो वहाँ साँस लेने गई थी —
अकेली होने के लिए, लेकिन रंगों के बीच।

आरोही का अपना तरीका था बचने का।

मैंने तब कभी नहीं पूछा क्यों।
बस चला गया।

पर आज... मैं उस दुकान में अंदर चला गया।

6:47 PM

दरवाज़ा चरमराया।
ऊपर लटका घंटी का सुर — थका हुआ।
अंदर पेंट थिनर और अधूरे सपनों की महक।

सूखी ब्रशें टीन के डिब्बों में झुकी हुई,
जैसे मुरझाए फूल।

स्केचबुक्स एक के ऊपर एक,
जैसे अनकहे पन्ने।

वहाँ एक बूढ़ी औरत बैठी थी, सफ़ेद बालों का
ढीला जुड़ा,
क्रॉसवर्ड में डूबी हुई।

मैं धीरे से काउंटर के पास गया।

मैं : "नमस्ते... माफ़ कीजिए, क्या आपको एक
लड़की याद है जो यहाँ अक्सर आया करती थी?
बड़ा स्केचबुक, कभी-कभी हरा हुडी पहनती
थी... बैग पर चाँद का स्टीकर?"

वो पलकें नहीं झपकाईं।
बस मुझे देखा — नहीं, मेरे आर-पार देखा।
जैसे मेरी शक्ल कोई भूला हुआ सवाल हो।

दुकानदार:
"तुम आरोही की बात कर रहे हो?"

नाम बिजली की तरह गिरा —
तेज़, साफ़, और ज़ख्म की तरह जाना-पहचाना।

मैं : "हाँ... क्या आपको पता है वो अब कहाँ
है?"

वो चुप रहीं।
फिर धीरे से काउंटर के नीचे हाथ डाला —
बहुत सोच-समझ कर।

और एक पुराना पीला लिफ़ाफ़ा निकाला।
उस पर मेरा नाम —
उसकी लिखावट में।

"राघव के लिए — अगर तुम कभी यहाँ आओ
तो।"

कमरे की हवा रुक गई।
जैसे वक़्त कह रहा हो — "अब समझो।"

मैंने उसे धीरे से खोला।
जैसे वो कागज़ हाथों में बिखर न जाए।

अंदर था एक पेंटिंग —
मोटे वॉटरकलर पेपर पर।

किनारों से थोड़ी फीकी, पर हर स्ट्रोक
जानबूझकर किया गया।

एक बेंच — पहाड़ी पर।
एक लड़की — हेडफोन लगाए, पीठ दुनिया की तरफ़,
हवा में उड़ते बाल।

नीचे लिखा था —
"तुमने कभी सच में देखा ही नहीं।"

और तभी...
मुझे समझ आया।

वो पेंटिंग सज़ावट नहीं थी।
वो बातचीत थी।

हर स्ट्रोक — एक शब्द।
हर रंग — एक याद जिसे मैंने थामा नहीं।

ये कला नहीं थी।
ये भाषा थी।
उसकी भाषा।

और मैं?
मैंने कभी उसे सीखा ही नहीं।

जब तक उसने बोलना छोड़ नहीं दिया।

मैं (मन में):
"अब ये तलाश नहीं रही।
ये वो बातचीत है जिसे मैंने कभी पूरा नहीं होने
दिया।"

मैं बाहर आया,
पेंटिंग को सीने से लगाकर —
जैसे कोई दिल धड़क रहा हो, जिसे मैं लगभग
खो चुका था।

आसमान अंधेरे में ढल रहा था।
लेकिन पहली बार,
मैं अंधेरे में नहीं जा रहा था।

मुझे पता था अगला क़दम कहाँ है।

न वो जगह जहाँ वो होगी —
बल्कि जहाँ हम कभी थे।

एक ऐसी जगह जो
उसकी नहीं, मेरी नहीं... हमारी थी।

प्रकरण 11: जहाँ चुप्पी ने पहले बोला था

कुछ जगहें इंसानों से ज़्यादा याद रखती हैं।

अब वो ज़ंग खा चुका था।
पुराना रेलवे ब्रिज।
वो जगह जो किसी पोस्टकार्ड में नहीं आती थी

—

पर हमारी थी।

किसी को भी उसका पता नहीं था।
शहर से थोड़ी दूर, यूकेलिप्टस के पेड़ों के झुंड के पार,
पुरानी पटरियों के किनारे छुपा हुआ।

हम रेलिंग पर चढ़ते थे,
पैर नीचे लटकाए हुए,
ऐसे जैसे कोई गुज़रती ट्रेन हमारे ग़मों को अपने साथ ले जाएगी।

वो खूबसूरत नहीं था।
पर सच था।

खामोश था।
हमारा था।

आख़िरी बार हम वहाँ गए थे —
उसके जन्मदिन पर।

मैंने उसे एक हाथ से बना कीचेन दिया था —
उसके नाम के अक्षरों वाला।
उसने मुझे एक चिट्ठी दी थी —
प्यार से मोड़ी हुई, उम्मीद में लिपटी।

मैंने कहा, "बाद में पढ़ूँगा।"
मैंने कभी नहीं पढ़ी।
न जाने ये नहीं समझा...
कि चुप्पी भी कभी-कभी धोखे की तरह लग
सकती है।

ब्रिज मेरी हर कदम से चरमराया।
मैं रेलिंग पकड़कर बैठ गया —
उसी जगह जहाँ हम बैठते थे।

मेरी परछाई पास में थी —
पर मैंने उसे वहाँ महसूस किया।

पैर लटकते हुए।
बाल हवा में उड़ते हुए।
वो गुनगुनाहट जो वो तब करती थी जब खोई
रहती थी।

मैं (मन में):
"मैं यहाँ पहले क्यों नहीं आया?"

शायद क्योंकि
मैं नहीं चाहता था कि ये जगह मुझे सच बता दे।

लेकिन...
उसने बताया।

जैसे ही मेरी उंगलियाँ नीचे की बीम से गुज़रीं,
वो कुछ छू गईं —
छोटा सा प्लास्टिक का पैकेट,
टेप से चिपका हुआ।
वक़्त से घिसा हुआ।
जैसे कोई राज़
किसी के लौटने का इंतज़ार कर रहा हो।

अंदर था...
आरोही का हरा नोटबुक।

मेरे हाथ काँप रहे थे जब मैंने उसे खोला।
पन्नों में उसकी महक थी —
पुराने कागज़ों की, बारिश की, और अनकहे
जज़्बातों की।

पहला पन्ना:

"ये डायरी नहीं है। ये आवाज़ है।
वो, जो मैं कभी इतना ऊँचा नहीं बोल पाई कि
तुम सुन सको।"

हर अगला पन्ना —
एक ज़ख़्म।

अधूरी चिट्ठियाँ।
आधी बनी स्केचेस।
कभी लिखा, फिर काटा हुआ।
वो ख़ुद को चुप्पी में बुन रही थी।

"तुमने कहा था कि मैं अपनी भावनाओं के बारे
में नहीं बोलती।
लेकिन जब बोला,
तुमने सुना नहीं।
बस...
जज किया।"

"तो मैंने कोशिश करना बंद कर दिया।"

एक पन्ना आख़िर में ऐसा था जो बाकियों से कस
कर दबाया गया था।
जैसे उसमें कुछ भारी हो।

मैंने धीरे से खोला।

और वहाँ लिखा था —

आरोही की चिट्ठी:

"अगर तुम ये पढ़ रहे हो, तो तुम वापस आ चुके
हो यहाँ।
इसका मतलब है कुछ तो बदला है।
शायद तुम मुझे मिस करते हो।
शायद तुम माफ़ी माँगना चाहते हो।
शायद... अब भी नहीं समझते।"

"पर राघव...
मैंने तुम्हें धोखा नहीं दिया था।
मैं तुमसे प्यार करती थी।
मैं बस...
हर बार तुम्हें साबित करते-करते थक गई थी।"

"– आरोही"

नोटबुक मेरी गोद में गिर गई।
हवा तेज़ चल रही थी —
पर अंदर सब शांत था।

शांत... और टूट चुका।

मैं (मन में):
"मैंने उसे अदृश्य बना दिया।
उसके प्यार पर शक किया।

उसकी चुप्पी को दोष बना दिया।
और फिर उसे उसी का बहाना बनाकर...
चला गया।"

इतना वक़्त मैंने सोचा —
उसने मुझे तोड़ा।

पर सच्चाई ये थी —
मैंने ख़ुद को तोड़ दिया था।

क्योंकि मैंने कभी
उस आवाज़ को सुना ही नहीं...
जो उसने कभी मुझ तक पहुँचाई थी।

प्रकरण 12: वो आवाज़ जो मैंने कभी सुनी नहीं

अफसोस कभी चिल्लाता नहीं।
वो फुसफुसाता है — तब जब कोई सुनने वाला
नहीं बचता।

उस रात मैं सो नहीं पाया।
सो ही नहीं सका।

आरोही की नोटबुक मेरे पास पड़ी थी —
जैसे कोई नाज़ुक धड़कन,
हर पन्ना एक ऐसा पल जिसे मैंने खो दिया था,
हर शब्द एक आईना जिसमें मैं ख़ुद से नज़रें नहीं
मिला पा रहा था।

अब मेरे पास उसकी आवाज़ थी।
लेकिन वो नहीं।

फिर भी...
मेरे अंदर कुछ टूट नहीं रहा था,
बदल रहा था।

वो खोल जो मैंने खुद पर चढ़ा रखा था —
अब धीरे-धीरे दरकने लगा था।

शोक अब स्पष्टता में बदल चुका था।
और स्पष्टता माँग करती है—
कुछ किया जाए।

मुझे उसे ढूँढना था।
न माफ़ी के लिए।
न जवाबों के लिए।
सिर्फ़ ये कहने के लिए जो मैंने कभी कहा ही
नहीं—
"माफ़ करना।"

मैंने हर उस इंसान से संपर्क किया जिसे मैं
जानता था —
कॉलेज के दोस्त, हॉस्टल के लोग,
यहाँ तक कि वो जिनसे सालों से बात नहीं की
थी।

ज्यादातर जवाब... खाली थे।
कुछ सिर्फ़ पुराने स्वर।

"कॉलेज के बाद चली गई थी।"
"सोशल मीडिया हटा दिया था।"
"नंबर भी बदल दिया।"
"कोई ठीक से नहीं जानता वो कहाँ गई।"

जैसे कोहरे को पकड़ने की कोशिश हो।
हर सुराग फिसल जाता।

फिर एक शाम,
एक मैसेज आया।

उसकी पुरानी रूममेट से।
जिससे मैंने शायद कभी ठीक से बात भी नहीं
की थी।

"आख़िरी बार सुना था...
वो शिमला चली गई थी।
एक आर्ट रेसिडेंसी।
शांत सी पहाड़ी जगह।
पर वो भी कुछ महीने पहले की बात है।"

शिमला।
हाँ...
वो तो हमेशा कहती थी —

"कभी पहाड़ों में रहूँगी — जहाँ सन्नाटा भी
कविता जैसा लगे।"

उस रात मैंने बैग पैक कर लिया।
ना सोचा, ना रुका।

दो ट्रेनें।
एक बस।
घुमावदार रास्तों पर पैदल सफर।

और फिर मैं वहाँ खड़ा था —
एक शांत आर्ट रिट्रीट के बाहर,
पहाड़ की ढलान पर।

बरामदे पर पेंटिंग्स सूख रही थीं —
जैसे यादें हवा में टंगी हों।

हवा में उसकी महक थी —
धीमी, उदास, और ग़ायब।

एक आदमी गेट पर खड़ा था।
उम्रदराज़।
आँखों में नर्मी।

गेटकीपर:
"जी?"

राघव:
"मैं... आरोही को ढूँढ रहा हूँ।"

उसने मुझे देखा।
जैसे मेरी आँखों में कोई भूला हुआ सवाल ढूँढ
रहा हो।

गेटकीपर (धीरे से):

"आप... ज़रा देर से आए।"

शब्द किसी पत्थर की तरह गिरे —
धड़कन रोक देने वाले।

गेटकीपर:

"वो कुछ हफ़्ते पहले ही चली गई।
कहती थी — अब और इंतज़ार नहीं करना
चाहती थी।"

गला जलने लगा।

गेटकीपर (नर्मी से):

"पर जाते-जाते...
कुछ छोड़ गई थी।"

उसने एक दराज खोली।

निकाला एक लिफ़ाफ़ा।

मेरे नाम पर।
फिर वही लिखावट।

"राघव के लिए"

मैंने उसे खोला —
बहुत धीरे से।
जैसे हर शब्द मेरी उँगलियों से फिसल सकता है।

आरोही की आख़िरी चिट्ठी:

"शायद किसी दिन तुम समझोगे
कि मैं जाना चाहती नहीं थी।
मुझे ठीक होना था।"

"अगर तुम ये पढ़ रहे हो...
तो अब और ढूँढने की ज़रूरत नहीं है।"

"जीओ।
लिखो।
बेहतर प्यार करो।"

"बस यही चाहा था —
कि तुम मेरी आवाज़ को सुनो।"

"यही मेरी आवाज़ थी।"

– A

और बस...
ख़त्म।

कोई अलविदा नहीं।
कोई वादा नहीं।
बस एक सच।

मैं बहुत देर तक खड़ा रहा।
पत्र हाथ में काँपता रहा,
और हवा पहले से कहीं ज़्यादा भारी हो गई।

क्योंकि अब मैंने उसे सुन लिया था।
पर वो जा चुकी थी।

और शायद...
अब वो वापस नहीं आएगी।

शायद ये आख़िरी पन्ना था।

लेकिन ये कहानी का अंत नहीं था।

क्योंकि उन चिट्ठियों के हर शब्द में,
उस हर सन्नाटे में जिसे मैंने अब जाकर सुना —
मैंने उसे पाया।

असल में।

और शायद...
उन पन्नों के बीच...

मैं खुद को भी।

उपसंहार: आख़िरी पन्ना

कुछ कहानियों को समापन की ज़रूरत नहीं
होती।
उन्हें बस... याद रखा जाना चाहिए।

मैंने ये किताब उसे ढूँढने के लिए नहीं लिखी।
मैंने इसे इसलिए लिखा क्योंकि... सब कुछ होने
के बाद —
हर चुप्पी,
हर छूटा हुआ लम्हा,
हर अनपढ़ा शब्द —
आख़िरकार मैं उसे सुन पाया।

सिर्फ़ चिट्ठियाँ नहीं।
सिर्फ़ उसकी नोटबुक में छुपे हुए अल्फ़ाज़ नहीं।
बल्कि उसके वाक्यों के बीच की खामोशी।

जब वो नज़रें फेर लेती थी —
तो दरअसल चाहती थी कि मैं सुनूं।

जब वो रुकती थी —
तो चाहती थी कि मैं पूछूं।

और फिर भी...
वो रुकती रही।
जैसे-जैसे उसे चोट लगती रही।

हर बुक फेयर में कोई न कोई पूछता है —

"क्या ये कहानी सच्ची है?"
"क्या वो असल में थी?"
"क्या तुमने उसे फिर कभी पाया?"

मैं मुस्कुराता हूँ।
थोड़ा लंबा।
थोड़ा उदास।
और कहता हूँ —

"कुछ कहानियों को पुनर्मिलन नहीं चाहिए।
उन्हें बस एक पाठक चाहिए।"

आख़िरी बार जब मैं उस पहाड़ी बेंच पर गया,
वो बदल चुकी थी।

नई मोहब्बतें,
नए नाम,
नई कहानियाँ —
लकड़ी पर खुदे हुए।

पर एक कोने में...
अब भी जमी हुई थी एक पुरानी छाप:

"R + A"

मद्धम हो चुकी थी।
पर ग़ायब नहीं।

ठीक उसकी तरह।

मैं वहाँ घंटों बैठा रहा,
उसकी नोटबुक गोद में,
हवा पन्ने पलट रही थी —
जैसे कोई भूत पीछे से पढ़ रहा हो।

और तब मुझे एहसास हुआ —

शायद किसी दिन,
वो किसी शांत बुकस्टोर में जाएगी,
इस किताब के कवर पर उंगलियाँ फिराएगी,
और उसके होठों से फिसलेगा ये शीर्षक...
जैसे कोई भूली-बिसरी याद:

"The Voice I Never Heard"
("वो आवाज़ जो मैंने कभी सुनी नहीं")

और वो जान जाएगी —

कि मैंने आख़िरकार उसे सुना।
कि हर पन्ना उसी के लिए था।
कि मैं कभी इंतज़ार करना नहीं छोड़ा।

क्योंकि जो आवाज़ मैं तब नहीं सुन सका,
वो अब मेरे भीतर गूंजती है —
हर उस चुप्पी में जो मैं लेकर चलता हूँ,
हर उस शब्द में जो अब मैं लिखता हूँ।

"The Voice I Never Heard"
सिर्फ़ उसकी नहीं थी।

अब वो...
मेरी भी बन चुकी है।

और शायद...
ये आख़िरी पन्ना नहीं था।

✦ लेखक की ओर से एक नोट

कुछ कहानियाँ बतौर कहानी नहीं शुरू होतीं।
वो एक चुप्पी से शुरू होती हैं,
एक ऐसे लम्हे से जो ठहर जाता है,
या किसी ऐसे एहसास से जो कभी पूरी तरह
जाता नहीं।

ये कहानी मैंने प्लान करके नहीं लिखी।
ये तो मेरे भीतर से निकली —
एक ऐसी चीज़ जिसे मैं कह नहीं सका,
तो मैंने पन्नों को बोलने दिया।

मैंने इसे उपन्यास बनाने के लिए नहीं लिखा।
मैंने इसे इसलिए लिखा क्योंकि...
जब कोई तुम्हें बिना जवाब दिए छोड़ जाता है,
तो इकलौता तरीका समझने का यही बचता है
—
कि तुम उन सवालों को लिख डालो।

लोग अक्सर पूछते हैं —

"क्या ये कहानी सच्ची है?"
"क्या ऐसे लोग वाकई थे?"
"क्या तुमने उन्हें फिर कभी पाया?"

मैं शायद कभी सीधा जवाब नहीं देता —
क्योंकि सच शायद कहीं बीच में छुपा है।

लेकिन अगर इस कहानी का कोई हिस्सा
आपके भीतर कहीं गूंजा —
किसी को याद दिला गया,
या कोई भूली भावना जगा गया —
तो शायद...
आपको जवाब मिल चुका है।

The Voice I Never Heard पढ़ने के लिए
धन्यवाद।
और सबसे ज़रूरी बात —
ध्यान से सुनने के लिए शुक्रिया।

— वासुदेव राठवा

✦ लेखक के बारे में

वासुदेव राठवा एक ऐसे कहानीकार हैं जो लोगों
के पीछे छूटे सन्नाटों को सुनते हैं।
उनकी कहानियाँ सिर्फ़ किस्से नहीं होतीं —
वो उन आवाज़ों की प्रतिध्वनि होती हैं जो
अक्सर अनसुनी रह जाती हैं।

उनकी लेखनी में अक्सर गूंजता है —
अनकहा प्यार,
गलत समझे गए लम्हों का बोझ,
और उम्मीद की धीमी, पर गहरी चमक।

दिन में वो तकनीक और व्यवसाय की दुनिया में
होते हैं,
लेकिन रात में वो खुद को स्याही और कल्पना के
ज़रिए सबसे बेहतर ज़ाहिर करते हैं।

उनका मानना है कि कहानियों को ज़रूरी नहीं
कि शोर मचाना आए —
कभी-कभी सबसे धीमी टूटन ही सबसे गहरे
ज़ख्म छोड़ जाती है।

उनकी लेखन शैली यथार्थ, काव्यात्मकता और
मनोवैज्ञानिक गहराई को मिलाती है —
जिसका मक़सद एक ही है:
पाठक हर साँस में उस किरदार को महसूस करे।

The Voice I Never Heard उनका पहला उपन्यास है —
एक ऐसा आत्मा-स्पर्शी सफर जो
प्यार, खो जाने, और उन भावनात्मक खंडहरों की खोज है
जो हम अक्सर खुद में बना लेते हैं।

इस कहानी के ज़रिए वासुदेव आपको एक ऐसी दुनिया में ले जाते हैं —
जहाँ सन्नाटा शब्दों से ऊँचा बोलता है,
और हर दिल से लिखी चिट्ठी कोई ऐसा सच कहती है जिसे अनदेखा नहीं किया जा सकता।